I0518742

Eva en puntillas

Patricia Romano

Eva en puntillas

Patricia Romano, 2007
Titulo Original:
© Eva en puntillas

Reservados todos los derechos.
Prohibida la reproducción total o parcial de esta
obra sin
permiso escrito de la editorial.

Impreso en República Dominicana - Printed in
Dominican Republic.
Junio 2007

Jean Carlos y Daniela.
Para ustedes y por ustedes,
simplemente… todo.

MAMÁ

Gracias

Rosa Suazo, Augusto Romano, Carlos del Pino, Roberto Saladín, Fernando Ureña Rib, Koldo Sagaseta, Desiree Reyes y Horacio Madrid Ontiveros.

Gracias del alma por el aliento brindado, ese aliento indispensable que me impulsó a que *Eva en puntillas* sea una realidad. Son ustedes mis cómplices en la realización de este sueño.

Palabras necesarias

He reunido un puñadito de cuentos y deseo compartirlos contigo. Pero considero necesario ofrecer alguna válida explicación a quienes me conoce desde hace tiempo y no imaginó esta faceta en mí. Una pequeña explicación para que en cierta forma cierre la boca de sorpresa, que supongo sostuviste por largos minutos (aun con el peligro de varias moscas rondando). Pero además, así cumplo con satisfacerte... al menos un poco. Y digo "al menos un poco", porque, aunque responda a mis más fieles deseos de contarte algo ciento por ciento verídico, siempre pasa lo mismo y termino fabulando un poco, decorando la realidad, simplemente haciéndola un poco más especial.

Siempre me gustó escribir, desde chiquita, y lo hacía en pequeños trocitos de papel que almacenaba en una vieja caja de zapatos *Paseo*. Escribía pensamientos, invenciones, cartas por amor, cartas por enojo, en fin, escribía de todo y lo guardaba celosamente en la cajita, que más tarde parió como curío, convirtiéndose en decenas de cajitas escondidas en el closet. No deja de sorprenderme descubrir a Daniela, mi hija de diez años, haciendo lo mismo que yo cuando tenía su edad. No puedo controlar sentir cada vez, una especie de *deja-vu*.

Comencé a apasionarme con esto de la escritura cuando me di cuenta, muchos años después de mi colección de cajas, de que, con el solo hecho de abrir las ventanas a la imaginación me ponía en la espectacular posición de degustar a mi antojo un mundo repleto de nuevos sabores y colores, que obviamente llamaba mi atención hasta el punto de llegar a la osadía actual de publicar.

Leía constantemente y comenzó a soltarse "La loca de la Casa" como le bautizó Rosa Montero a la imaginación. Ella, mi imaginación, toda una rosca izquierda, comenzó a hacer de las suyas y a escaparse sin que yo pudiese hacer nada para impedírselo. Mis personajes dejaron de pertenecerme y comenzaron a ser ellos mismos; no actuaban como yo lo haría, ni decían lo que yo hubiese querido decir, sus palabras eran propias, sus caracteres y personalidades eran propias y junto a ellos mi mundo interno comenzó una excitante travesía, y se pobló de tal forma que tuvo que comenzar a salir (con cierta desesperación) en forma de pequeños chorritos de tinta que se plasmaban en un papel. Si esto no hubiese ocurrido, hoy día tengo la certeza, de que podría haberme convertido en Sybil, una joven mujer afectada por dieciséis personalidades, personaje magistralmente interpretado por Sally Field. La realidad es que nada ocurre por azar, la naturaleza nos rescata de una u otra forma.

Mis cuentos fueron escritos a escondidas, de una manera muy íntima, silenciosa y personal, de ahí viene el título, *Eva en puntillas*.

En fin, no es toda la historia, pero sí el porqué. Me parece más que suficiente para abrirte mi ventana y que empieces a leerme.

Espero lo disfrutes.

La autora

Prólogo

Con esta obra, *Eva en Puntillas,*
nace una nueva estrella en el mundo
de la literatura dominicana. Ella es
Patricia Romano, quien nos entrega
esta recopilación de cuentos como
verdadera promesa por la fuerza y
profundidad de su narración, dentro
de un arte tan elusivo como lo es la
técnica cuentística. Es el arribo a la

palestra literaria de una pluma cuya frescura y riqueza psicológica abren las puertas a un futuro muy prometedor.

Eva en Puntillas es la concreción de un sueño, en el que la escritora en ciernes, durante largos años, y a pesar de su juventud, dentro de ese mundo onírico de fantasías que preñaba su imaginación, se decidió un día a darle forma, asumiendo el compromiso y desafío de escribir. Vencida la frontera del miedo que implica publicar por primera vez (Casa de Teatro la galardonó por su cuento: El Ritual de María), Eva en Puntillas es el salto de una nueva frontera en su compromiso con la literatura.

Como lo señala la propia Patricia, en sus Palabras necesarias, comenzó a apasionarse "con esto de la escritura cuando me di cuenta... de que, con el solo hecho de abrir las ventanas a la imaginación me ponía en la espectacular posición de degustar a mi antojo un mundo repleto de nuevos sabores y colores". Y la imaginación se apoderó de la autora, y los personajes que se plasman en sus cuentos, dejaron de pertenecerle.

Se le atribuye a Aristóteles haber dicho que "cuando a los instintos se les cierran las puertas, salen por la ventana". En Patricia Romano, con la riqueza de su imaginación, había una escritora en ciernes, escritora que, con Eva en Puntillas, logra liberarse y escapar por la ventana de sus fantasías, personajes y situaciones.

Qué privilegio, sin embargo, para una vocación literaria, como la de Patricia, poder usar el toque mágico al inicio de los cuentos La rosa, Entre la cama y el mosquitero, La agonía de los sueños, y Francois Rupert, con una cita de los poemas de su madre, Rosa Suazo, ratificando así el viejo adagio de que "lo que se hereda, no se hurta". Esa simbiosis de poesía y cuento, exaltación de una relación madre-hija, explicaría las raíces de esa vocación literaria de Patricia Romano.

Se ha dicho en alguna parte, con razón o sin ella, que escribir es exhibir las razones del propio ego acusado. En la literatura, la cuestión del género, se manifiesta con más fuerza que en ningún otro quehacer humano. Como mujer, la autora, inevitablemente refleja en sus cuentos los temas que obsesionan al género femenino. Así, en La Rosa, el leit-motíf es la maternidad. En Entre la cama y el mosquitero está el mundo de los fantasmas y las sombras, miedos y fantasías atrapadas en la niñez, en búsqueda de la seguridad, junto a otro ser, que podría ser, hipotéticamente, una abuela, suplicando su inmortalidad.

Así también, atrapar la relación hombre-mujer, en El ritual de María como el binomio madre-hijos, en el contexto de una visión en la que el hombre-alcohol satura esa relación de angustias y ansiedades de su pareja, es revelador del profundo poder narrativo de la autora y los delicados matices que atrapa su pluma, en la relación hombre-mujer. Esa misma relación, permea de manera magistral, su cuento La agonía de los sueños, además del poder descriptivo de los juegos de la mente humana, alcanzando este cuento niveles cuasi kafkianos.

Poblada la memoria femenina de esa riqueza que ni el tiempo logra desdibujar, en La muñeca quedan atrapados como en un inmenso mural nemotécnico, todas las angustias infantiles de una pareja de hermanitos, alrededor de un episodio que siempre ha marcado la vida de todos los niños: los Reyes Magos. Cada lector o lectora, encontrará en el helicóptero y la muñeca, extrapolándolo a su juguete favorito, esa etapa de su vida, imborrable en la memoria.

En la psicología femenina, sin caer en lo que señalaba erróneamente un escritor sueco de que el amor del hombre era el mundo, y el mundo de la mujer es el hombre, en el cuento El lápiz, entra a analizar con profundidad los entretelones del trauma de la ruptura de una relación hombre-mujer, donde los diálogos de la pareja, en trance de separación, son un retrato vivo de esa realidad humana. La cosificación de la angustia femenina, en el lápiz, y su representación simbólica, son exponenciales, una vez más, de la fuerza descriptiva de Patricia Romano.

Saltando hacia otras realidades, la sensibilidad social de la autora de Eva en puntillas, queda plasmada asimismo, en Francois Rupert ya que, en la saga de la dominicanidad, el tema de la migración haitiana es parte de la cotidianidad de la vida nacional y no podía quedar fuera de la creación literaria de la escritora.

Posiblemente, en la más fuerte dialéctica de la pasión humana, el amor para una mujer de 35 años, personaje central de Por culpa de un beso, no se haya logrado descodificar con tanta fidelidad como lo hace Patricia Romano. Lo que ocurre en la psique femenina, cuando surge el huracán de un enamoramiento, en la que la mujer codifica señales emitidas por el hombre es la esencia de este cuento.

Finalmente, invito a los lectores de Eva en puntillas a saborear plenamente la perfección del cuento que cierra el libro: In abuelus esofagus, donde la relación tío-tía, abuela-nieta, madre-hijo, dentro del mundo de las fantasías infantiles, con un toque fino y discreto de erotismo, en el marco de una casa abandonada, se descubre a través de un niño, personaje central, el mundo siempre indescifrable de los adultos y sus pasiones, esta vez, con un interesante toque de humor.

Con la publicación de este libro, Patricia Romano asume, como lo apuntamos al inicio de estas palabras, un compromiso con el futuro.

DR. ROBERTO B. SALADÍN SELÍN
Washington, D.C.
Octubre 20, 2006

Rosas in vitro

> Si tú sabes quién soy
> ¿Por qué no me preguntas
> por qué toco la bruma?
> ¿En dónde me reviento,
> me hago trizas y espero?
> ¿Cuáles son los calzados
> que me calzo en la estrella?
> ¿Y por qué a borbotones
> sube sangre y no trago?

ROSA SUAZO

$\mathcal{T}$antas veces había soñado parir que su útero, virgen y acuoso, era capaz de producir vívidamente cada uno de los espasmos de un alumbramiento. Al despertar, justo en el momento en que el consciente se asoma a los relojes y asume el papel que le corresponde, luego de cumplidos sus ensoñadores devaneos, su piel se adornaba de aristas cosquillosas, suspirando gozosa el feliz nacimiento de la nada.

Y era entonces, cuando la nada agregaba al día su absurdo toque de realismo, no precisamente mágico, y debía enfrentarse a la amarga sentencia de su pérdida. Que sus ojos, negados a la luz, urdían desacatos en nombre de su niña; que sus manos, incapaces de ser, rechazaban la burla de no palpar su niña, y la desesperanza la postraba en el suelo, sin piernas con que volar al encuentro de su niña. Sentía una constante opresión en el pecho latente como huella que anuncia el deseo de ocupar sus brazos. Las páginas de la Biblia, precisamente, aquellas que dan a conocer el milagro en el vientre de Raquel, se mostraban desgastadas sobre la mesita de noche.

Rosa, quería un hijo. Su cuerpo breve, fugaz, nunca hubiera podido disimular un embarazo que, en tanto no llegara, iba a dar la impresión de que su menuda figura no estaba completa. Su existencia no merecería su propia consideración mientras no ocurriera en sus adentros el extraordinario y maravilloso suceso de la concepción.

Muchos amigos y familiares entendían la urgencia de su búsqueda y, a su manera, trataban de consolarla. No escatimaron consejos, amuletos, oraciones, brebajes... pero cuanta solución le sugerían animosos, Rosa la improvisaba sin fortuna. Por años visitó a los más reputados médicos de la ciudad pero nunca ninguno pudo hacer realidad su anhelo.

Aquella tarde, sin embargo, la vida iba a cambiar para Rosa. En uno de sus habituales paseos por la playa, semienterrado en la arena, encontró un aro y, al recogerlo, sintió cómo en su alma resonaba un jubiloso aldabonazo, la feliz proclama de aquella profecía que años antes descubriera en la historia de Raquel. Era una diminuta pulsera de oro que llevaba grabado el nombre de una niña. Para Rosa no era coincidencia, hizo suyo el momento y lo convirtió en magia. Comprendió que pertenecía al fruto de su vientre, el fruto que, extrañamente, en aquel preciso instante, la estremeció por primera vez, removiendo sus entrañas hasta hacer temblar su pecho y su conciencia, y no quiso esperar más.

Esa misma tarde anunciaría a todos la llegada de su hija. Se lo contaría a los amigos, a su familia, a cualquiera con quien se cruzara. Nunca el camino de regreso a su casa fue tan grato. Aquel pequeño cuerpo había vuelto a la vida y, entre risas y gritos de alegría, parecía reprocharle a aquel otro que fuera su verdadera condición en el pasado. Caminaba erguida, segura de sí misma, saludaba de frente sosteniendo las miradas de todos, y casi levitaba cuando, ya en su casa, compartió con todos la buena nueva. Después se encerró en su habitación, dispuso sobre la cama con cuidada parsimonia las varias batas de maternidad que por años había almacenado, y acarició la de color rosa que había elegido para la espera de tan deseada hija. Llenó la habitación de las más hermosas rosas blancas que encontró en el pueblo y hasta se permitió el detalle de comprar una graciosa muñeca de trapo como anticipado regalo para su niña. Entonces, cuidadosamente, siempre protegiendo su vientre, se acostó en la cama.

Por nueve meses permaneció allí, tendida, cuidando sus movimientos, sopesando cada alimento que llevara a su boca, entre flores y música, y sin dejar de acariciar a la hija prometida. Su vientre fue creciendo hasta completar aquel cuerpo imperfecto, junto al afecto y la admiración de quienes, más que atenderla, la mimaban.

Desde la ventana de su habitación, a escasos metros de la playa, soñaba con la tarde en que ella y su niña pasearan su dicha sobre la blanca arena, recogiendo algas secas y caracolas.

Cuando llegó el momento tan esperado sus más cercanos amigos y familiares se dieron cita en torno a su cama. Junto a ella, una partera de absoluta confianza se ocuparía de recoger la criatura. Era tal su júbilo que dos pechos no eran suficientes para contenerlo. Habían sido tantos meses de espera entre cantos de cuna y caricias, entre bordados y muñecas... A sus oídos sólo el canto de los ángeles podía tener acceso y sus manos temblaban ansiosas por sentirse llenas. Con el mayor de los placeres pujó, con la fuerza y el esmero de dar vida; pujó, con cada uno de sus poros, pujó... hasta que sintió que sus entrañas cedían y que la sensación de dulce hartura se alejaba.

Ladeó entonces la cabeza buscando instintivamente aquel llanto de aliento que tantas veces había soñado, el llanto, el primer llanto de su hija, pero sólo el silencio se aposentó en la cama. Nadie entre los presentes se atrevía a respirar. El estupor había dejado a la partera sin habla. Uno por uno, Rosa fue recorriendo todos aquellos rostros petrificados hasta que la vio sobre la cama. Era una extraña masa oscura y roja, un amasijo sanguinolento, redondeado y sin vida que, rápidamente, empapó las rosadas sábanas y los ojos desolados de Rosa.

Han pasado los años pero, desde aquel día, Rosa, cubierta con la misma bata con que no diera a luz, no ha faltado una sola tarde a su cita con el mar y, en la playa, sobre la arena, deja pasar las horas como si aquel menudo cuerpo, cada vez más hundido y gastado, hubiera naufragado para siempre a la orilla de aquel parto que no fue. Inmóvil, pasa las horas, quieta, varados sus ojos en el horizonte que se le negara y condenada a parir todas las tardes el mismo amargo fruto de su desolación.

Sólo de vez en cuando, Rosa, inagotablemente completa, aprieta contra su pecho una muñeca de trapo y, entre susurros, la consuela con su mejor canción de cuna.

La parábola del amor

Temblando nos abrazamos
aquella tarde en silencio
Llevábamos de mil flores guirnaldas
rodeadas al cuello
Al separar nuestros cuerpos
Las mil flores estrujadas
por el aire se esparcieron.
¡Oh, perfumes de las flores!
¡Oh, recuerdos!

Rosa Suazo

Aquella enorme cama colonial nos sirvió de testigo. Un remendado mosquitero nos cubría por las noches, como un cielo de espuma suspendido, inmóvil, flameando sobre mis ojos en la penumbra de la habitación, sólo mitigada por la débil luz de una lámpara de gas.

En aquel contraste de luces y sombras, desde que quedaba a solas, aparecían unas extrañas siluetas deslizándose en silencio por el techo y las paredes que, conforme se apoderaban del tiempo y el espacio, adquirían formas mucho más inquietantes a las que yo, con mis apenas seis años, me las ingeniaba para dotarlas de más sombríos aspectos y maneras. Les creaba deformes bocas que abrían y cerraban compulsivamente llenando mis oídos tanto de susurros como de alaridos; les suponía alargadas manos provistas de interminables dedos cuyas uñas, curvas y negras, se acercaban amenazadoras a la cama en espera del momento preciso en que rasgar mi espumoso cielo y caer sobre mi espanto.

Todas las noches confiaba en que aquel mosquitero resistiera el embate de los monstruos que mi miedo imaginaba, y saber que nunca me había fallado, era el único consuelo a mi temor. Sin embargo, siempre terminaba encontrando, a mi pesar, agujeros olvidados, por zurcir y, a través de ellos, manchas, como lunares negros, que trepaban por la colcha y, lentamente, se aproximaban a mi rostro. Al principio eran dos, quizás tres, pero cada vez que abría y cerraba los ojos sorprendía algunas manchas más, acercándose a mí, a punto de alcanzarme. Si mis manos no hubieran estado heladas tal vez habría podido defenderme, arroparme hasta desaparecer debajo de la sábana, pero ni siquiera era capaz de oír mi aterrorizado corazón, supongo que porque yo lo buscaba en el pecho y él se había refugiado en mi estómago.

Una de las manchas ya había puesto sus asquerosas patas sobre uno de mis pies, casi siempre el izquierdo, y el pavor era tan insoportable que sentía arcadas... hasta que, finalmente, era yo, no las sombras, la que gritaba como una posesa, con todas las fuerzas que me permitía mi náusea. Entonces, el cielo de espuma, aquel mágico escudo, nuestro mosquitero, se abría por un costado y venías a mi encuentro. Y a tu llegada, retrocedían las manchas hasta perderse al otro lado de la cama, se tornaban amables las extrañas siluetas en las paredes y hasta adquirían formas divertidas; el sol había llegado a mi cielo de espuma y, desarmado el miedo en mi semblante, agradecía tu presencia con mi mejor sonrisa.

Después, sumergía mi rostro en tu pecho, siempre tibio y acolchado, como si me hundiera en una gran montaña de algodón, y encontraba en tus brazos el paraíso perdido y añorado tras aquel fantasmal calvario. Me embriagaba tu olor a *Talco Azurra*. Nos abrazábamos y, con cada una de tus caricias, mi cuerpecito se ajustaba al tuyo, llenando cualquier espacio vacío, olvidado, tan cerca de ti, tan cerca, que ninguna maldita sombra habría podido distinguirnos o separarnos. Me hablabas y tu voz jugueteaba como un duende en mis oídos.

Aquel día, aferrada a tu cuerpo, te pedí que te quedaras que, aunque la noche y sus oscuros presagios habían desaparecido y ningún peligro acechaba nuestra cama, seguía necesitando tu alivio, la entrañable confianza de tus brazos.

Aunque había crecido y aquella cama ya no me parecía tan enorme, yo seguía siendo la misma niña que buscaba tu refugio y, entonces, con el llanto ahogado en mi garganta, vi en tus ojos la despedida. Me apresuré a colgar el mosquitero deseando que su escudo impidiera tu marcha. Me acurruqué a tu lado, como tantas veces, te abracé fuerte, escondí la cara en tu cuello buscando con desesperación tu aroma, suplicando tu inmortalidad, juntas esperamos lo inevitable. Juntas vimos por última vez el cielo de espuma suspendido, inmóvil, flameando sobre mis ojos en la penumbra de la habitación.

El ritual de María

El canto del gallo indicó a María el comienzo de su afanoso ritual. Llevaba 15 años, sin excepción, cumpliéndolo desde el asomo del alba. Lentamente se incorporó de la cama, le dolían los huesos. Recordó las arcadas de estómago que le produjo el olor nauseabundo de su marido cuando entró en la habitación, apenas tres horas antes, después de una de sus acostumbradas parrandas. Juan, su marido, había asaltado su cuerpo entre el olor a col podrida y estiércol, dejándola llena de odio y moretones. Un mar de lágrimas se apresuró a sus ojos, se mordió los labios para no estallar y un sabor a sangre invadió su boca. Lo miró con el rabillo del ojo, tendido boca arriba con aspecto de animal salvaje satisfecho. Un hilillo de saliva espesa se derramaba hasta su oído. Sintió repugnancia.

Aceleró sus movimientos, se le había hecho tarde. Entró al cuarto de baño y tomó dos cubetas de agua de las diez que había cargado la noche anterior. En esa zona de la ciudad apenas fluía el agua por las tuberías y el almacenamiento a diario era imprescindible. El líquido revivió la carne entumecida, con esmero enjabonó su cuerpo deseando arrancar el olor a queso rancio que como huella dejaba Juan en su piel. Una letanía de recuerdos angustiosos se apuñaron en su cabeza... y en su pecho. Invocó a todos los santos que recordaba desde niña, a la Virgen de la Altagracia (fiel patrona de su pueblo) y al Divino Niño Jesús. Selló sus súplicas en auxilio, implorando la ayuda de todos sus muertos. Mentalmente los alineó y le preguntó a cada uno hasta cuándo tendría que soportar tanta vejación. Secó su cuerpo sin dar importancia a la firmeza de sus carnes, a la gracia de sus curvas, a la suavidad de su piel. La juventud se imponía entre la amargura y el atropello.

A medio vestir se dirigió a la cocina, el aroma del café animó su estado. Comenzó a preparar la cena de ese día. Tenía que dejar todo a medio terminar para sólo llevar los alimentos al fuego a su regreso del trabajo. Rápidamente preparó el desayuno de los niños y sus respectivas meriendas para el colegio. Apiló la ropa sucia, como cada martes, las separó por color y las puso en remojo con detergente. El proceso ayudaba a que la mugre se ablandara y facilitara su lavado a mano. Las manecillas del reloj trotaban animosas desafiando la agilidad de María. Nueva vez acudió a sus Santos y demás guardianes para pedirles que el horario del agua se extendiera esa noche para poder lavar el montón de ropa que se había acumulado en la semana. Organizó y barrió la sala.

Al entrar en la habitación de los niños, se iluminó su rostro. Se acercó despacito e inclinándose los besó con ternura. Diariamente los despertaba entre infinitas caricias y susurros de canciones. Abrieron los ojillos y se sumaron al ceremonial de su madre, llenándola de mimos y sonrisas. María sintió mariposas revoloteando en su estomago. De puntillas, sin hacer ruido, los niños se levantaron de la cama. Con la ayuda de su madre, y sin emitir sonido alguno, se asearon y vistieron el pulcrísimo uniforme reglamentario. Sabían que cualquier movimiento en falso podría despertar a la bestia. Actuaban cautelosamente, no deseaban otra revuelta en casa. Otra no.

Tomaban los niños el desayuno mientras María terminaba de vestirse. Frente al espejo se esfumó su mirada y aquella superficie, siempre rica en imágenes, colores y formas le pareció un agreste desierto. En un breve instante galopó su vida, y la melancolía le arrebató el alma. Las voces de los chicos indicaron el camino de regreso. Volvió a ver sus pupilas reflejadas en el cristal, se espantó. Antes de marcharse encendió el acostumbrado cirio a su virgencita. Sí, ella, la mismísima madre de Dios, no la ayudaba, entonces ¿quién? Cerró la puerta.

Nueve horas más tarde, María regresó a casa. Se disponía a la tarea de almacenar "el agua de cada día" cuando encontró en la bañera el cuerpo inerte y desnudo de Juan. El hallazgo la sorprende, no entiende lo que ve; por segundos piensa que el cansancio le ha jugado una broma pesada. Aclara su vista y lo sigue viendo, no es un hechizo de Yemayá o Metresilí. El frío invade su cuerpo, siente que se le congelan los huesos, no puede moverse, no puede respirar. Con asombro nota entre sus pies un pequeño charco de agua que amenaza con evaporarse. ¿Acaso olvidó secar el suelo del baño en la premura del ritual matinal? Llevándose la mano a la frente, autoconsoló la culpa sentida, pensando que el alcohol es un arma mortal, única culpable de la muerte de Juan, su alfa y su omega.

Corrió hasta posicionarse frente a la imagen de su entrañable Virgen, pudo verse reflejada en el iris de animal disecado que adornaba el angelical rostro de cerámica de la más santa de las mujeres. Lentamente apagó con un ligero soplo el cirio y con gesto de complicidad sonrió.

Agonía de los sueños

Tú no puedes saber
Por qué en la ruta de la tierra
mojada de silencios
No fuiste entrelazando tus
manos con las mías
Imposible viajero,
Tu sonrisa era gris
y tu mirada fría.

ROSA SUAZO

No me dolía la memoria. Muy al contrario, recordar era, posiblemente, el único ejercicio capaz de confirmarme que alguna vez estuve viva, y sólo cuando rememoraba mis días y rehabilitaba todas mis noches muertas, ponía freno a ansiedades y temores.

Lo que no podía era soñar. Prefería morir despierta y, hoy, cuando las horas se me clavan en las sienes y revienta mi asustada cabeza, el solo hecho de volver a él y enredarme en su sombra, cautiva de sus ojos, se me antoja deliciosamente enfermizo y fatal.

Todo ocurrió cuando aún estaba viva, cuando mi vida no era este encierro que ahora peno y mi cuerpo podía sentir y transpirar y estremecerse, cuando soñar no me estaba prohibido.

Aquella mañana había acudido a una agencia en busca de trabajo y sentada en un enorme sofá de piel, espantosamente amarillo, esperaba que el empleado reparase en mi persona y me atendiera. Entonces lo vi, y todavía sigo sin entender qué me llamó la atención en aquel hombre común, de apariencia común y comunes maneras, pero lo cierto es que, desde que nuestras miradas se cruzaron y él se acodó en el mostrador esperando su turno, todo lo demás dejó de tener importancia para mí. Ni siquiera el posible trabajo que me ofreciera el empleado de la oficina, empeñado ahora en que yo le prestara atención a él, podía competir con la atracción que ejercía sobre mí el desconocido.

Habían desaparecido los muebles, las personas, las palabras, sólo él y yo existíamos. El sudor empañó mis caderas, mis manos, los surcos de mis ingles. Diminutas gotas de adrenalina cosquilleaban mi nuca deslizándose hasta la base de mi espalda. Sólo imaginar que fueran sus dedos los que hicieran posible el recorrido de las gotas me dejaba sin aire. Un inexplicable deseo de tocarlo, de sentirlo, era la causa de aquella hormonal lucha. Me aparté del mostrador sin prestar atención a las voces del desconcertado empleado y traté, ni sé cómo, de controlar mis impulsos, de sosegar aquel incendio que asomaba entre mis piernas. Cuando vi los baños me puse a salvo. Sabía que era un recurso momentáneo pero, al menos me sirvió para refrescarme y creer que ponía orden en mis ideas. Al salir, él ya no estaba, se había ido.

No saber quién era el misterioso desconocido no me inquietaba tanto como volver a experimentar sensaciones que creía limitadas a la que fuera mi adolescencia y que, de más está decir, ya hacía bastantes años había quedado atrás. Decidí achacar a mi apasionado carácter, casi desmedido, mi repentino retorno a los 15 años no obstante ser consciente de que, ni siquiera entonces, se había manifestado de tan orgánica manera.

Al margen de mi natural preocupación por aquel arrebato, en alguien que, como yo, no estaba dispuesta a renunciar a su cordura, me inquietaba lo sucedido y, aún más, pensar que, tal vez, nunca volviera a verlo.

Aquel estallido de sensaciones me resultaba deleitosamente nuevo y aprovechaba mis ratos a solas para evocarlo, para reproducir aquel encuentro una y otra vez, sin obviar ningún detalle hasta que salía del baño de la oficina de empleo y, con pesar, descubría que él ya no estaba. Entonces, rebobinaba mis recuerdos y volvía a pasar la cinta.

Días más tarde ya no me bastaron mis recuerdos. Necesitaba más, aquel encuentro no era suficiente. Descubrir de improviso sus ojos no calmaba mi ansiedad, quería tocarlo, que me tocara. Lentamente, todos mis sueños fueron llenándose con la presencia de aquel desconocido y no había noche en que no nos perdiéramos los dos por cualquiera de las fantasías que el subconsciente, reserva a los audaces. Así fuimos intimando, conociéndonos. Arropados por el sueño, ambos descubríamos nuestros gustos afines, nuestros comunes intereses, coqueteábamos y, aunque no siempre, algunas gloriosas noches los sueños más agradecidos se transformaban en orgásmicos jadeos que envolvían mis oídos y mi boca de cumplidos deseos, de infinito placer.

Debí parar entonces, ponerle freno a aquella locura que ya empezaba a sospechar habría de hacerme daño, pero no lo hice y, poco a poco, los sueños ganaron su batalla a la razón. El deseo crecía, se tornaba obsesivo y, finalmente, un día decidí salir a buscarlo. Sabía que estaba perdiendo el control completamente pero no me importaba y, en su búsqueda, pasé semanas escudriñando la ciudad. Regresé a la misma oficina en donde lo encontrara la primera vez, me senté en todas las plazas, entré y salí de bares, de iglesias, hasta que, cuando ya empezaba a temer que él estuviera de paso en la ciudad o que se hubiera embarcado tal vez a Filipinas, una noche, a la puerta de un teatro, el destino me lo volvió a poner delante.

Clavé mis ojos en él, me aferré a su rostro, a su boca, como si temiera que fuera una visión y desapareciera antes de que pudiera hacerlo mío. Más tarde supuse que a él no le había pasado desapercibida mi desesperación y que, probablemente por ello, algo conturbado, como si yo lo hubiera llamado por su nombre, después de tratar de adivinar en mi rostro algún recuerdo pendiente que justificara mi osado descaro, cruzó a mi lado sosteniendo mi mirada, rozó con su hombro mi estupor, dejándome al pasar un asombrado "Hola", y se alejó muy despacio a mis espaldas. Yo sólo sentía sus pasos, cada vez más vagos, más perdidos, pero no fui capaz de seguirlo, de darme la vuelta. Sentía pánico, náuseas.

Sabía que, probablemente, no iba a tener otra oportunidad, que nunca más íbamos a volver a encontrarnos, pero mi alma parecía que ya no quería saber de mí, que, presa de sus pasos, había partido con él. Y yo quedé en la acera, inerme, sin sentido, desolada. No sé cuanto tiempo estuve allí, no sé si, acaso, todavía sigo a las puertas de aquel teatro maldiciéndome por no haber reaccionado, por no haber sido capaz de asir mi sueño.

Esa noche recreé aquel fugaz encuentro para fijar en mi memoria hasta los ecos de sus pasos condenándome al olvido, y guardarlos conmigo para siempre. Y soñé con él, con nosotros, y la excitación otra vez traspasó la frontera de la razón. Él mordía mi lengua, mis senos, me tragaba entera, y cuando me vomitaba sobre la cama, de nuevo reiniciaba sus caricias yendo y viniendo por mi cuerpo.

Desperté sofocada. Apenas podía moverme. Sentía en la garganta una amarga sensación. Las articulaciones me dolían tanto que, por un momento, hasta dudé de si no habría sido real nuestra noche de amor, pero el nuevo día me tenía reservada otra sorpresa que me reveló el espejo al devolverme una imagen que no reconocía. Todo mi cuerpo estaba cubierto de heridas. Tenía moretones, arañazos, huellas de mordeduras. La sangre en mis labios me ayudó a comprender el porqué la extraña sensación en mi garganta, y tuve miedo, pavor. No podía creer lo que me había ocurrido, ni encontraba explicaciones que me ayudaran a serenar mis ánimos.

En las siguientes noches se reiteraron sueños y consecuencias, sin que pudiera hacer nada para evitarlo. Ya no era yo quien gobernaba mis sueños sino aquella obsesión que alguna vez fuera placentera y que ahora estaba empezando a volverme loca.

Sabía que necesitaba ayuda pero ¿a quién podría recurrir? ¿Quién en su sano juicio me creería? Y tampoco estaba dispuesta a que un psiquiatra acabara diagnosticando lo que yo confirmaba noche tras noche. Sólo aspiraba a recuperar mi estado. Volver a ser yo era todo lo que quería.

Traté de evitar el sueño bebiendo grandes cantidades de café, tomé infusiones que yo misma preparaba con hierbas naturales que postergaran mi reencuentro con aquel desconocido; recurrí a pastillas que me mantuvieran despierta, pero nada funcionaba e, inevitablemente, más tarde o más temprano, terminaba por ceder al cansancio, y el sueño, siempre el mismo sueño, repetía sus estragos en mi cuerpo, cada vez más débil, más disminuido.

Seis meses han pasado desde entonces, quizás años, supongo que ya perdí la cuenta de mis lágrimas, sin otro alivio que la penumbra en la que me refugio para que no vuelva la luz a desangrar mis ojos. He cubierto los espejos con tela para que no insistan en recordarme quién fui y en qué me he convertido. Desde que despierto, cada vez más herida y ausente, temo que vuelva el sueño, y como una sombra infeliz y resignada, deambulo mis tristezas y recuerdos por esta vieja casa clausurada que ya, más que mía, es de mi espectro. Hace unos días que no pruebo alimento, sólo pequeños sorbos de agua que espero reducir lo antes posible, hasta que una noche, por fin, ya no vuelva a soñar, ni a vivir.

Inocencia de Reyes

*D*udo que en el futuro, por más generoso que se muestre conmigo, vaya a poder disfrutar de unos Reyes Magos más espléndidos que los que me visitaron a mis ocho años.

Y no sólo lo dudo por la credibilidad que durante estos años he ido perdiendo en los más entrañables y populares magos que hemos creado, sino porque, en verdad, pocas veces he llegado a sentirme tan feliz como en aquella noche de Reyes, en que mi hermano Patricio y yo nos acostamos en la habitación que compartíamos a la espera de tan deseadas majestades.

Durante más de dos horas habíamos permanecido en vela, negándonos al sueño, en la esperanza de ver aparecer los Reyes. El sueño, sin embargo, pudo finalmente más que la ansiedad y acabamos por dormirnos. Ese fue, probablemente, el momento que eligieron los tres barbudos monarcas para, acompañados por nuestros padres, irrumpir en la habitación cargados de regalos.

Además de los correspondientes útiles escolares que nunca pedíamos y jamás faltaban, dos enormes cajas envueltas en papel de regalo fueron depositadas a los pies de nuestras camas, y tiempo nos faltó a los dos para arrancar moña y papel y develar el misterio.

Patricio, un año menor que yo, sentado en la cama, quedó sin habla mientras sus manos revisaban una por una todas las piezas del flamante helicóptero rojo a control remoto con el que había venido soñando los últimos meses. Desde que lo viera anunciado por televisión nada había ambicionado tanto como aquella máquina voladora capaz de elevarse metro y medio y surcar el pasillo desde el comedor hasta la puerta del baño.

Cuando yo, finalmente, abrí el regalo con el que se recompensaban mis sobresalientes notas, no podía dar crédito a lo que veía. Unos ojillos color de almendra descubrieron mi asombro a través de una delgada lámina plástica. Yo exploré lentamente las perfectas facciones de su sonrosado rostro, sus manitas, sus piececitos. Acerqué mi nariz y percibí el olor a talco de bebé sobre un cuerpo fabricado de goma y rellenado de tela. Hasta me fascinó el traje crema de encaje similar a los que usan en los bautizos y que, inconforme con su denominación de origen, me animó a rebautizarla con un nombre de mi agrado.

Fifí era, lo que se dice, una muñeca moderna. Podía llorar, tomar agua en biberón y hasta mojar sus pañales. A su lado, las otras muñecas que tenía, y con las que había compartido buenos y malos ratos, muñecas que, incluso, dormían conmigo, a las que había bañado y vestido tantas veces, perdieron en cuestión de segundos todo su encanto. Fifí era mejor que todas. Con Fifí no tenía que fingir que se orinaba para poder limpiarla, ella era capaz de hacerlo. Tampoco tenía necesidad de simular su llanto para consolarla porque con sólo apretarle la barriguita sus quejidos se oían hasta en la calle. Fifí relegó inmediatamente a todas las demás muñecas a la parte superior del armario que, entonces, operaba como almacén de desechos.

Con el paso de los días Fifí se convirtió en una extensión de mi persona y, como si fuera mi sombra, allá donde yo fuera, ella iba conmigo. La arrullaba en mi regazo, le cantaba canciones de cuna, le contaba cuentos para dormirla mejor, le daba de comer, la bañaba, le cambiaba los pañales... A pesar de mis ocho años, cuidaba de mi pequeña con más mimo y diligencia de las que algunos padres acostumbran en el cuidado de sus hijos.

Fifí pasó a convertirse en mi hija, mi hermana, mi confidente. Supongo que no ignoraba que Fifí era una deliciosa mentira que yo había urdido, pero era tanta la ternura que me provocaba que el sólo hecho de imaginarla real conformaba mi engaño. Y así fue que dejaron de interesarme, además de las demás muñecas, otros compañeros de juegos, especialmente, mi hermano Patricio, cuya compañía ya no me resultaba tan divertida.

—¿Vienes al parque? ¡Ya comenzaron a jugar "la latica"! —insistía mi hermano.

—Ahora no puedo. ¿No ves que estoy dándole el biberón a Fifí? Está muerta del hambre.

—No le estás dando nada, idiota, las muñecas no comen.

—¡Pues mira tú que esta sí. Y no te metas en mis cosas, menso, déjame en paz.

¿Cómo iba a ir a jugar al parque? Fifí dependía de mí, ni siquiera tenía, como los demás niños, un papá. No, yo no me podía dar el lujo de andar correteando por ahí mientras Fifí quedaba en casa, sola y desamparada, sin nadie que escuchara su llanto, que aliviara sus penas. Bastante sacrificio me representaba tener que dejarla sola en casa las horas de colegio como para, además, abandonarla en la tarde por estar dando brincos con mi hermano.

—Van a pensar que estás loca — insistió mi hermano.

—Pues anda y díselo a tu abuela, maldito enano. ¿De verdad te piensas que voy a dejar sola a Fifí por jugar contigo? Sueña, carajito.

—Sigue ahí entonces, con ese bulto de trapos, que cuando quieras jugar conmigo entonces yo no te voy a hacer caso.

—¡Y a mí qué, necio!

Una tarde, a la vuelta del colegio, no encontré a Fifí sobre mi cama y un extraño presentimiento me condujo a la carrera hacia la cocina. Confiaba en que mi madre podría dar una cumplida respuesta a mi inquietud, pero algo me detuvo en el pasillo.

Cabeza abajo, rota, con sus tripas desparramadas por el pasillo, yacía muerta Fifí. Mi llanto, incontenible, alertó a mi madre, a mi tía de visita en la casa, a los vecinos de al lado, a los de más allá, al dueño del colmado de la esquina, a una patrulla de la Policía que pasaba por la avenida...

Mi madre, sin saber cómo reaccionar, decidió hacer causa común conmigo y llorar también. Mientras yo, inconsolable, abrazaba los restos de Fifí. Mi tía, luego de tratar sin éxito de reanimar a Fifí practicándole, incluso, el boca a boca, la trasladó de urgencia a la mesa de operaciones y tras una meritoria intervención quirúrgica sin anestesia pudo, minutos más tarde, restituirle las tripas a su estómago y abrirle de nuevo los ojos.

Me la entregó entusiasmada, a la espera, supongo, de alguna reacción alentadora por mi parte. Tras un rápido examen, sin embargo, volví a deshacerme en llanto. Los ojos almendra de Fifí seguían mirándome pero ya no me veían. Eran los ojos más tristes y sin vida que recuerdo. Ya no podía llorar. Y si me empeñaba en que Fifí tomara su biberón se le enchumbaba las tripas de agua y no había pañal que contuviera semejante desacato.

Para colmo, una terrible cicatriz le cruzaba el torso verticalmente dándole un aspecto siniestro. Mi tía se había llevado una muñeca y me había devuelto un tetrapléjico.

Varios días duraron las investigaciones en torno al brutal asesinato de Fifí. Mi propia madre dirigió las investigaciones interrogando a todos los posibles implicados. Se manejó la hipótesis de los ratones como responsables del crimen. Se barajó también la posibilidad de que fueran investigados el gato vecino y el perro de casa, pero fueron descatadas semejantes pesquisas, porque ni el vecino tenía gato ni nosotros perro. La investigación fue languideciendo con el paso del tiempo y, poco a poco, yo también fui superando el trauma.

Hasta que, un día, otra nueva tragedia nos conmovió a todos. El helicóptero rojo de mi hermano había aparecido destrozado, casualmente, en el mismo pasillo en que se encontrara el cadáver de Fifí. Según las investigaciones que, como ya era costumbre, estuvieron a cargo de mi madre, elementos antisociales se habían introducido en la casa furtivamente y habían estrellado contra la pared del pasillo aquel modernísimo helicóptero. En la pared del pasillo eran visibles las marcas de pintura roja que provocara el aparato al chocar violentamente, así como sus hélices rotas en el suelo, junto al rotor de cola.

Tres días con sus noches lloró mi hermano la pérdida de su helicóptero hasta que, felizmente, superó la tragedia vivida y volvió a interesarse en otros juegos.

—¿Sigues triste, manita? —me preguntó una de esas tardes.

—Ya no tanto... Y tú, ¿sigues triste por lo del helicóptero?

—Más o menos...

—Seguro que el que saboteó tu helicóptero fue el mismo que mató a Fifí...

—Seguro. ¿Vienes al parque a jugar?

—Vamos.

Homicidio del lápiz

Cansada y, sobre todo, irritada, entré en el cafetín en que acordáramos reunirnos. Antes de salir de casa había tratado de serenarme. No sabía de qué quería hablar conmigo pero, conociéndolo, suponía que la razón de su urgente llamada no podía obedecer a nada bueno, y de ningún modo podía permitirme el lujo de mostrarme insegura. El tráfico, sin embargo, caótico, como todos los mediodías, me había sacado de quicio y, ahora, no encontraba cómo tranquilizarme. La puntualidad nunca fue su fuerte y aquel día no iba a ser diferente.

Ansiosa, balanceaba mis piernas mientras esperaba su llegada, sentada a la mesa más cercana a la puerta, de manera que pudiera verlo en cuanto entrara. Tomé un sorbo de la limonada que había pedido y rebusqué instintivamente un cigarrillo en el bolso. No lo encontré y maldije el día en que decidí dejar de fumar. Exactamente hacía tres semanas que no fumaba, los mismos días que tenía sin ver a Gabriel. Por suerte encontré un lápiz y consolé mi frustración haciéndolo girar entre mis dedos. Pasaban quince minutos de la hora convenida cuando, con su habitual parsimonia, abrió la puerta del local y se acercó a mi mesa.

—¡Oh, Gabriel!, finalmente apareces ¿No quedamos a las dos de la tarde?

—*Lo siento, ya sabes... la oficina.*

—*Sí, claro, lo que tú digas.*

Allí estaba, como si acabara de levantarse, con su pelo engominado y su sempiterna sonrisa de superioridad pintada encima de su ridículo bigotito de gigoló barato. Mientras tomaba asiento hizo señas al camarero y ordenó una cerveza. El lápiz seguía girando entre mis dedos poniendo al descubierto mi nerviosismo, yendo y viniendo por cada una de las hendiduras de mi mano, como si se tratara de un ejercicio largamente ensayado.

—*¿Cómo estás? —preguntó con sorna.*

Estuve a punto de obviar las buenas formas y clavarle mi lápiz en la sonrisa, o al menos borrársela, aprovechando que el lápiz tenía goma, pero me limité a seguir el juego de los cumplidos que vienen y van.

—*Bien, gracias. A ti te veo fenomenal, ni falta hace preguntarte cómo te sientes.*

—*Tienes razón. La verdad es que me está yendo muy bien, mejor que nunca.*

El desgraciado tuvo a bien remarcar, casi deletrearme, el "mejor que nunca", y mis dedos interrumpieron sus malabarismos con el lápiz. Lo apreté en mi mano, buscándole un mejor destino, hasta que me decidí a encarar a Gabriel.

—*Vamos al grano... ¿Para qué me has citado?*

—*Baja la guardia, vengo en son de paz, lo único que quiero es tu felicidad.*

Faltó poco para que el lápiz se quebrara en mi mano y, posiblemente, a él no le pasó desapercibida mi contenida cólera. Pero mi enojo, para no llamarlo ira, no iba con él. Realmente era conmigo con quien estaba molesta. ¿Cómo se me ocurrió alguna vez tener algo que ver con este tipo?

Me llevé el lápiz a la boca y, mientras Gabriel me ponía al tanto de sus inquietudes con respecto a nuestra separación, sosegué mis dientes mordisqueando la goma del lápiz. Percibía sus palabras como si fueran bofetadas y otra vez pensé borrarlas, desaparecerlas, y llevármelo de paso a él.

—La separación —le contesté— es un hecho y no hay vuelta atrás, en eso estamos ambos de acuerdo. Los papeles están en manos de mi abogado y nos llamará cuando estén listos para ser firmados. En cuanto a lo de la separación de bienes, será fácil, al fin y al cabo no hay mucho que repartir.

—Me alegra que lo entiendas así... Sigues siendo tan comprensiva como siempre.

Otra vez su maldita ironía restregándome quién sabe qué mierda.

Dejé de morder la goma y le entré directamente al lápiz, girándolo a lo largo de mi boca y sacándole a cada vuelta diminutas astillitas que, para no escupirlas, opté por tragármelas.

—*Mira, Gabriel, lo único verdaderamente importante es Luna y, por supuesto, se quedará conmigo.*

—*¡Estás loca si crees que te vas a quedar con ella! Lo lógico es compartirla. Tengo tanto derecho a ella como tú.*

—*No me hables de lógica y mucho menos de derecho, Gabriel. No eres más que un idiota. ¿Cómo crees que voy a dejar a Luna contigo? Ni lo sueñes. Tú no sabes ni donde tienes la cabeza. Ni los fines de semana te lo voy a permitir.*

Me daba cuenta de que me faltaba aplomo, serenidad. Y lo terminé de confirmar cuando, finalmente me corté con alguna astilla del lápiz, pero no me inmuté y seguí masticando madera y sangre con algunos sorbos de limón.

— *Contigo no se puede hablar, eres una histérica.*

Era más de lo que estaba dispuesta a oír, y el lápiz se me quebró entre los dientes. Me quedé con los dos extremos del lápiz colgando de las comisuras de mi boca, mientras mis ojos lo fulminaban con extrema generosidad. Quizás porque entendió el mensaje, dio por terminada la entrevista y se incorporó con ese aire de perdonavidas que asumía cada vez que se sabía sin razón.

Desde la puerta, antes de salir, para no irse de vacío, supongo, todavía se volvió.

—*Por mi no hay problema... quédate con la perra si eso es lo que quieres... ya me compraré otra.*

Entonces respiré aliviada, guardé las dos mitades del lápiz en mi bolso y llamé al camarero.

—*Tráigame una cajetilla de cigarrillos, por favor... y la cuenta.*

François Rupert

Y seguiré mi ruta, logrando
sendas nuevas.
Rompiendo mil escollos
con la esperanza a cuestas.
Una fuerza brutal de mi materia
prima, cubierta de universo,
llena de luz y sombra,
desgarrará una puerta.
Y la casa encendida dará
la bienvenida a mi parte más pura.

ROSA SUAZO

$\mathscr{N}$i siquiera él recordaba cuántos años habían pasado desde que abandonara *Jacmel*, su pueblo natal, en el sur de Haití. Temiendo que su familia muriera de hambre, una mañana, François Rupert abandonó su empobrecida aldea con sus dos pequeños hijos al hombro y su mujer detrás, y se echó al camino buscando la frontera.

Un día le llevó recorrer los 30 kilómetros que los separaban del otro lado de la isla donde la vida era, incluso, más dura, pero al menos había trabajo y jornal. Un día comiendo lo que apareciera, apenas nada, siempre vigilante a los peligros que esconden los caminos, descansando de vez en cuando, y otro día más tardó en pasar con su familia, a través del monte, cuidando de no ser visto.

Cuando finalmente cruzó la frontera, aspiró profundo. Pensó que *Bonyé* le había dado una segunda oportunidad y no pensaba desperdiciarla. Con ayuda de un viejo amigo encontró un espacio en el que guarecerse con su familia, comida para recuperarse y caña que picar en un ingenio. El trabajo era duro y hasta los bueyes bufaban su fatiga. François, sin embargo, nunca se quejaba. No había tiempo para lamentarse. Al final del día no faltaban en la paila algunos plátanos que comer, y harina de maíz.

Con el paso del tiempo Francois olvidó en cuántas zafras de caña de azúcar había trabajado. Sabía que eran muchas por los callos de sus manos pero no le temía al trabajo, sólo al hambre.

Ese año la zafra terminó antes de lo previsto, al igual que el ínfimo salario que recibía, y quedaban por delante tres meses hasta el comienzo de la próxima, y sin ninguna garantía de que se le contratara. Se hablaba de la crisis del sector, de la caída de los precios del azúcar, y cada vez rendían menos los pocos pesos que se ganaba. Pero regresar a Haití no era una buena opción. Allá sólo les esperaba el hambre. El problema era qué hacer mientras se reiniciaba la zafra, cómo ganarse el derecho a seguir comiendo y, aunque algunos días encontraba oficio, eran más los que tenía que acostar a sus hijos sin nada que darles.

Con su mujer enferma y desesperado, un día, François, tantas veces robado en los ingenios, recibiendo salarios de hambre, tantas veces robado con los vales de comida que le daban a cambio de su trabajo, tantas veces engañado con el peso de la caña cortada, puso en práctica lo aprendido y al pasar por el mercado del pueblo, después de haber intentado en vano encontrar un trabajo en alguna casa o comercio, de regreso al batey, tomó un embutido de uno de los puestos y echó a correr.

Sólo de imaginar las caritas de sus hijos cuando lo vieran regresar con aquel oloroso consuelo para sus estómagos, le crecieron alas a sus piernas y, rápidamente, dejó atrás el pueblo. A quien no dejó atrás, sin embargo, fue a una multitud enardecida que encontró en aquel ladrón el mejor estímulo para su propia estima y que, una vez le dieron alcance, lo golpearon hasta el cansancio.

Finalmente, un policía se lo llevó, casi a rastras, al destacamento y lo tiró en una celda. Tres semanas después, todavía François Rupert esperaba que alguna autoridad lo liberara y la cárcel *San Ángel* fuera sólo un doloroso recuerdo. Otro preso que hablaba algo de patois le había dicho que iba a ser conducido al despacho del Mayor para conocer su caso, y que después lo dejarían en libertad. Al fin y al cabo sólo había sido un embutido, y entre los golpes que se había llevado, cuya secuela todavía se percibía en su rostro, más la golpiza con una vara de guayaba que un policía le había dado días antes, sin motivo alguno, y las tres semanas de encierro sin saber nada de sus hijos ni de su mujer, ya había superado con creces la más dura sentencia que se le pudiera imponer.

Las pústulas de su pierna supuraban y tenía fiebre, además de hambre, pero confiaba en que pronto, en cualquier momento, le abrirían la puerta de la celda y él podría volver con los suyos. Recostado en una de las húmedas esquinas de aquel antro cubierto de heces, pensaba en sus hijos y se las ingeniaba para llorar sin lágrimas no fueran a contrariarse los guardias y se repitiera la paliza con la vara. Entonces escuchó su nombre y advirtió que un guardia abría la celda indicándole que saliera.

—¡*François Rupert! Levántese, el Mayor lo mandó a llamar.*

—*Oui, oui, mercy dominiquen, je tá en pié.*

A pesar del dolor que sentía en su pierna izquierda no hubo que repetirle la orden de que se incorporara y, a saltitos, siguió a su carcelero hasta el despacho del Mayor.

Iba a ser puesto en libertad, y saberlo no sólo le había devuelto su maltrecha salud sino incluso una extraña mueca que sólo François sabía era una sonrisa. Desde que entró al despacho se deshizo en palabras de agradecimiento al Mayor por su comprensión, y al guardia que lo agarraba del brazo.

—¿*Je va a salí hoy, dominiquen...? ¡Ayuda a mué, dominiquen!*

—¡*Cállate, maldito negro... ladrón!* —*le respondió el guardia.*

Cuando el Mayor terminó de hablar por teléfono, dejó su humeante habano en el cenicero que tenía sobre la mesa y tras rociar el despacho con una enlatada fragancia que puso a estornudar a François, preguntó:

—¿*Es usted, François Rupert?*

—*Oui, Gran Mesié... François Rupert.*

—*Me cuentan que usted cometió un robo, que trató de escapar y que, además, ha estado dando problemas en la celda.*

—*Oui, Gran Mesié, e salí hoy.... Je queré ve mon pití pa llevá manyé.* —sonrió François, ante la inminencia de su liberación.

—*Cállese, animal* —zarandeó el guardia a Françoie— *¿No ve que está hablando el Mayor?*

—*Oui, oui... merci, tres bon...Je partir pour mon maison... merci...*

—*Te sentencio* —agregó el Mayor— *a cinco años de encierro en la celda por ladrón, y a ser deportado cuando cumplas la condena.*

—*Merci, Gran Mesié, François salí hoy... Je ve mon pití....*

Ajeno al veredicto, François fue llevado nuevamente a la celda. De pie junto a la enrejada puerta, y todavía sonriendo, esperaba el momento en que el guardia volviera a abrirla y él quedara en libertad. En el pequeño radio con el que el guardia entretenía la tarde daba comienzo un boletín informativo.

—"A las 11 de la mañana del día de hoy fue indultado de todos los cargos en su contra, el Sr. Luís Antonio Matos, alias "El Chivo". El Sr. Matos fue capturado hace apenas un mes, después de que el equipo especial antinarcóticos realizara un allanamiento en una de las fincas de su propiedad, y hallara 1,735 kilos de cocaína, armas de alto calibre y materiales explosivos. Más adelante, les ofrecemos los detalles.

Por culpa de un beso

Lo conoció en el gimnasio, se llamaba Alfonso y era de nacionalidad española. Desde que lo vio por primera vez se le entumecieron las neuronas. Y no faltaba más, verlo era todo un espectáculo, aquel hombre parecía sacado de un anuncio publicitario de *Ralph Lauren*. Alto, delgado, con la piel dorada y los ojos grises, todo un adonis. Era imposible no echarle un vistazo, hasta los hombres ofrecían su mirada de inspección para después sugerir, con comentarios desinteresados, que muy probable era homosexual.

En el ambiente del *gym,* mi amiga, Teresa, se convirtió en la más fiel admiradora de aquel físico apoteósico. La belleza de Alfonso resaltaba entre los demás hombres como pavo real en medio de un chiquero de marranos. No porque el resto de los hombres no pudieran sacar uno que otro voto dentro de aquella sociedad admiradora de los lindos, sino porque el muchacho realmente era espectacular, y no existía competencia.

Cuando hablábamos por teléfono no faltaba el comentario sobre Alfonso, podíamos estar conversando sobre la reproducción de la iguana (por sólo nombrar un tema) y siempre terminaba mezclándose el español entre las palabras. De esa forma me enteré de que era actor, su pasatiempo favorito era levantar pesas y había llegado al país unos meses atrás para

participar en el *casting* de una tele-
novela en la cual fue escogido para
un papel secundario y, cuando terminó la filmación, decidió establecer-
se en el país pues, según él, estaba
enamorado de la gente de la isla.

Teresa y él comenzaron a saludar-
se y pronto se encontraron charlan-
do en medio de una clase de *spining*.
La falta de aire y los goterones de
sudor no impidieron que mi amiga
mantuviera una conversación armo-
niosa, a pesar de que su condición
física no era precisamente la de Anna
Kournikova. Cuando sintió la lengua
pesando dos quintales y la saliva
arenosa, tomó un sorbito de agua y
reanudó la conversación con cara de
atleta inagotable.

Teresa atravesaba por un perio-
do exitoso dentro de su profesión.
Era periodista y en aquel momento
se desenvolvía como editora en una
de las revistas más importantes y
leídas en el país. Tenía 35 años de
edad y entre la carrera, el master,
los idiomas, el trabajo y los viajes

había postergado la idea del casamiento, error garrafal para una isleña rodeada de agua por todas partes. Aquí, si no te casas antes de los 25 años, en el momento menos esperado y oportuno, se acercan para darte el pésame con una tristeza tal en el rostro que preferirías tener cáncer.

Ya Teresa había superado la pena unánime reservada a las solteronas y en general se sentía feliz. Le gustaba la libertad de no dar cuentas a nadie por sus acciones, de dejar la ropa interior tirada en el suelo y todas esas cositas de las que disfrutan los solteros. Por supuesto, eso no la eximía del deseo de conocer a aquel que la hiciera bailar la bamba, la zamba o lo que sea. Con gusto haría el intercambio entre aquella libertad solitaria y el encuentro de un compañero, del indicado. Había tenido relaciones con algunos hombres invisibles, de esos que ni huella dejan y otros que le quitaron el sueño para finalmente dejarla desparramada en llanto.

Cuando apareció el español en su vida, estaba sumergida en el trabajo y la idea de tener pareja le parecía una visión brumosa. Obviamente no había tenido suerte en las relaciones amorosas y llegó a pensar que lo mejor era prescindir de ellas, dejar a un lado ese aspecto de la vida y seguir llenando sus días y horas de incontables actividades. Todo muy bien si pudieras programarte, darle a un botón y dejar de sentir, que la piel no te exija a gritos el contacto, ni sientas las caderas abrirse como una orquídea salvaje y húmeda. Ese, es otro tema.

Desde que conoció al fulano y el tema de sus cruces de palabras y miradas llegaba continuamente a nuestra conversación, sabía que cupido le había pinchado una nalga, dejándola prendada de su hechizo. Era sólo cuestión de tiempo. El enamoramiento le brotaba por los poros.

Detrás de esa pose intelectual, de esa estampa de mujer segura, yo, su amiga de toda la vida, veía a una adolescente en plena actuación de *Los Chamos*, aquel grupo de niños venezolanos que tantas lágrimas y gritos ensordecedores nos arrancaron cuando apenas teníamos trece años. Cuando hablaba de él, los ojos le brillaban, los pómulos se le encendían, no paraba de mover el pie de la pierna cruzada y la arropaba un calor repentino, mientras yo, casi en posición fetal, me cubría con doble frazada sobre el sofá y buscaba con ojos desorbitados el mantel de la mesa para también echármelo encima.

—*Teresa, no me engañas, te estás enamorando del español.* —le dije.

—*¿Enamorando? Ni hablar. Sólo me gusta, ¿y a quién no? Dime, ¿a qué mujer no le gustaría Alfonso? Sólo a una ciega.* —Respondió.

Y era cierto, a cualquier mujer vidente le gustaría aquel tipo. Pero Teresa se estaba enamorando de él, y yo sabía (también ella, aunque muy en el fondo) que el español era un *Ken*. El exitoso novio de la *Barbie*, soltero, codiciado y de plástico. Típico Gigoló que además se involucra con otras muñecas que son copias exactas de la *Barbie,* pero con otro color de pelo.

Alfonso era muy diferente a lo que ella particularmente buscaba en un hombre. No cabía en mi cabeza que Teresa diera tanta importancia a lo físico y, lo que es peor aun, que se enamorara de alguien solo por esa cualidad. Sí, lo reconozco, el tipo se las trae, pero básicamente es sólo eso. No había podido nombrarme ni una cualidad más que llamara su atención. Se resumía en eso: un *Ken*.

—*Teresa, no es más que una cara linda con aserrín en la cabeza, unas nalgas de acero con aserrín en la cabeza, un cuerpo escultural con aserrín en la cabeza, aserrín, aserrín, aserrín.* —le decía, agitando las manos, como para que me escuchara mejor.

—*No te preocupes, no pienso enredarme con el aserrín, sólo me divierto y nada más. Tú, tranquila, sabes que no puedo mantenerme al lado de un hombre que no me satisfaga intelectualmente. Es sólo un juego, una pasión adolescente y pasajera, ya veras.*

Pasó un mes de miraditas seductoras, ronroneos disfrazados de palabras, roces inadvertidos de las manos. Era tanto lo que me contaba que en una ocasión no aguante más y me colé en el gimnasio para ahogar la curiosidad. Me coloqué en un rinconcito inadvertido, detrás de unas matas de palma y pude verlos conversar.

Él encaramado en un aparato enorme y negro al cual parecía dominar a la perfección, dejando escapar de entre sus pantaloncitos cortos y camiseta unos músculos esculturales que danzaban al ritmo de sus movimientos. Teresa, estaba a su lado, sobre una máquina en la que daba pasos altos, como si estuviese subiendo escalones y, mientras lo hacía, batía las nalgas de un lado a otro al compás de la música que retumbaba los espacios de todo el lugar. La sonrisa del español parecía un piano, pero sin las negras, se le veían hasta los molares. Pensé en un anuncio de pasta dental que había visto hace poco. Ella abanicaba las pestañas y parloteaba y reía, una nalga aquí, la otra allá. En definitiva, me pareció que disfrutaban lo poco que decían o lo poco que la música les permitía escuchar.

Poco tiempo después de mi visita incógnita al gimnasio, Teresa se apareció en casa, ataviada, con ropa deportiva, el corazón galopándole en el pecho y la boca temblorosa, congestionada de palabras. Alfonso, el español, se había empeñado en escoltarla a su vehículo y en un momento que le pareció una eternidad, acercó su boca a la de ella deteniéndose lo suficiente como para que pudiera sentir sus labios entreabiertos y su respiración tibia acariciando la comisura de su boca. Después se retiró con lentitud, dejándole su mejor sonrisa y un "Hasta luego, ¿Vale?" que a ella le sonó a gloria.

El roce de aquel beso terminó de destruir las pocas neuronas que quedaban en la cabeza de Teresa. Aseguraba que aquel beso era la señal esperada, el signo de que las cosas se conducían por buen camino, el ademán que sugería el paso de la relación hacia un segundo nivel. Según Teresa, el *hastaluego¿vale?* que utilizó Alfonso como despedida, sugería una cita esa misma noche, la cita que sellaría la unión de los dos.

Los humanos podemos llegar a ser tan tontos. Podemos inventarnos el romance más cálido y coronar como rey o reina de nuestro corazón a una persona que acabamos de conocer. Lo hacemos porque tenemos necesidades, vacíos que nos urge llenar. Entonces pensamos *¿Por qué no?* Pero, como estamos atrofiados por la pasión, cualquier respuesta a esa pregunta, o cualquier otra relacionada con el tema, sólo obtendrán respuestas igualmente dañadas, nunca estarán ni remotamente cerca de la realidad. Teresa cayó en las garras de este mal, tan dulce en sus comienzos y tan macabro al final.

Mi amiga estaba soñando con pajaritos en el aire, obviamente estaba infectada y el sentido común estaba notablemente atrofiado. Traté de hacerle ver las cosas bajo un nivel práctico, real. Le dije que los españoles utilizan esa expresión muy a menudo y que quizás tenía más de un significado. Y con relación al beso, le dije que no debía de confirmar nada por algo tan simple. Los tiempos han cambiado, ya los besos no son indicadores de que te has convertido en la novia del muchacho. Los besos de esta época tienen un sinfín de designios y como ni ella ni yo sabemos interpretarlos, y mucho menos sabíamos qué se proponía el español con aquel besito, le dije que era mejor dejar que el mismo se lo hiciera saber. No me escuchó, me pareció que estaba hablando con la pared.

Mi amiga Teresa, mujer de una seguridad en sí misma digna de admiración, comenzó a titubear y a dar pasitos nerviosos de un lado a otro, preguntándose en voz alta qué se iba a poner, cómo se iba a maquillar, y pidiendo recomendaciones de atuendo. La miraba estupefacta, preguntándome qué le había pasado a mi amiga. ¿Adonde rayos esta histérica adolescente, con cara de mujer madura, ojos desorbitados y vocecita gritona, había enterrado a mi Teresa? Se fue de casa sin despedirse, apurada por todos los preparativos *Priore Amore* que tenía por resolver, dejándome con la boca más abierta que una ventana de doble hoja. Pobrecita, pensaba que era el comienzo de una excitante y devastadora historia de amor, pero fue el fin.

La mañana siguiente llegó a casa con los ojos hinchados, la nariz pelada y una caja de pañuelos desechables debajo del brazo. Alfonso no la había llamado. Ella trató de contactarlo una y otra vez pero sin éxito dejando una docena de mensajes en la máquina contestadora de su apartamento. Estaba destrozada, aniquilada. Le quité el auricular de las manos, convenciéndola de que era preciso esperar un poco y dejar que él respondiera a la infinidad de mensajes que con voz melancólica en algunos casos, y dramática en otros, había dejado grabados. Pero Teresa estaba fuera de sí, y tardó un par de horas y tres infusiones de té de manzanilla para que descansara. Finalmente durmió por varias horas.

Alfonso no llamó, no apareció por el gimnasio, parecía haberse esfumado de la faz de la tierra. Mientras tanto Teresa se dedicó a llamar (en estado de convulsión) a todos los hospitales del país, las cárceles y las morgues temiendo lo peor. Demás está aclarar que no estaba en ninguna de las listas.

Días después apareció en el gimnasio, fresco como una lechuga, envuelto en su aura de modelo *Vogue*. Bastó con mirarlo algunos segundos para que Teresa se diera cuenta de que al figurín no le había pasado nada; al contrario, se veía más fabuloso que nunca. Se acercó a Teresa con aquella sonrisa de medialuna y le dio un beso en la mejilla para luego repetir el maldito *hastaluego¿vale?* que había confundido (según Teresa) las pretensiones de aquel día. Y se fue muy campante a dominar su monstruo elíptico o como se llame aquel aparato. Pero ella no asumió la realidad que se desencadenaba. Su disco duro no asimilaba que ella no le interesaba para nada, que si en algún momento el español coqueteó con la idea de tener algo con ella (que particularmente no creo pero me someto al beneficio de la duda) se había esfumado cuando le abarrotó la máquina contestadora con aquella montaña de mensajes ridículos. Al contrario, Teresa siguió descendiendo en el camino de la indignidad. Trató por todos los medios de comunicarse con él, vía teléfono, inventándose un ademán de excusas sin base para llamar su atención, a lo que él hacía caso omiso.

Alfonso evitaba su presencia, esquivaba su mirada y no es una actitud de juzgar, mi amiga estaba concretamente desquiciada, un espectáculo realmente deplorable. Es increíble lo que estamos dispuestos a mentirnos frente a la pasión que no es más que un cuento creado por nosotros mismos. Un cuento que alimentamos día a día, momento a momento, para que luego nos devore sin piedad. Nos volvemos creativos inventando historias que mermen la realidad, que alimenten un sueño que se escapa inexorable como agua entre los dedos. Aguantamos en demasía, hasta lo más insólito. De repente, a veces a tiempo, otras ya muy tarde, comienza a pasar el efecto de la locura y los sentidos vuelven otra vez a ubicarse entre los rieles de la razón. Llega el momento de la terrible caída, ese abismo en espiral que nos absorbe sumiéndonos en un sentimiento de desamor que te carcome los huesos y te deja hecha añicos.

Ahhh... ¿y cómo olvidarnos de la vergüenza? ¿De las preguntas sin respuestas? Se hace presente esa vocecilla martilladora que te revienta el cerebro de tanto repetirse ¿Cómo pude caer en algo tan bajo? ¿Cómo pude arrastrarme por el piso de esa forma? Regresó la mujer analítica, profunda, intelectual, y quería destrozar a puñetazos a esa chica estúpida y tarada que había ocupado su espacio, a esa adolescente enamorada e irracional en la que se había convertido.

Una mezcla de indignación y la tristeza más profunda se apoderaron de Teresa. Deambuló sin sentido por semanas, apretando los puños para contener la ira que sentía con ella misma. Finalmente un día se levantó con otro ánimo, dijo que había sido una boba, una inconsciente, que tenía mucho trabajo atrasado y que no iba a permitir que el eco de su error y un mequetrefe continuaran ocasionándole malos ratos. Así salió de la unidad de cuidados intensivos para descorazonados.

Ayer Teresa fue al gimnasio y allí estaba Alfonso. Cuando lo vio sintió cómo le bailaban mariposas en el estómago, aunque esta vez no estaba segura si eran vestigios del enamoramiento, producto de la vergüenza o letargos de la rabia. Quizás todos los sentimientos a la vez. Pensó en desviarse del camino, hacerse de la vista gorda, pero prefirió encarar la situación. Ya había cometido muchas niñadas y quedado como una desquiciada ante sus ojos. Contó hasta diez y, llenando sus pulmones de aire, se acercó procurando lucir relajada y serena. Lo saludó con un beso amable en la mejilla, y siguió su camino dando por terminado el encuentro y cerrada la posibilidad de entablar conversación. Teresa miró hacia atrás y le dijo: —*Hastaluego¿vale?*

In abuelus esófagus

Hay gente que no le hace caso a la vida, que no la usan para nada. La dejan tirada en cualquier esquina o simplemente le dan la espalda como si fuese un hierro viejo y desgastado. Así se la pasa aquel señor, ese que veo a diario cuando mamá me envía a comprar el pan. Cada día observo lo mismo, siempre sentado en la misma mesita del rincón, bebiendo sorbo a sorbo un café que parece interminable y, al mismo tiempo, leyendo el periódico que por lo menos debe aprenderse de memoria. Lo digo por las hartas horas que pasa con los ojos plasmados entre las páginas. Y esa cara de hastío, de pesar profundo, cara de resignación, de que nadie le espera, ni le busca.

Es un asco vivir así, yo quiero vivir plenamente, por eso me meto en líos, por eso a la abuela le dan esos ataques horrorosos que me dejan tieso como un palo. La última vez casi se traga la caja de dientes del berrinche que armó, suerte que el tío Chano, esposo de mi tía Berenice, estaba presente y le abrió la boca, como hacen los domadores de leones en el circo, para poder sacarle el artefacto atorado en la garganta. Claro que sentí culpa, no fue fácil ver a abuela con la piel color verde aceituna y los ojos brotados. Y su cara con gesto latoso recordándome a diario la tragedia de la caja de dientes *in abuelus esofagus*. Las cosas que hago son simples travesuras, soy un niño, sólo tengo ocho años, es lo lógico ¿no?

Lo que hizo que mi abuela se atragantara con sus propios dientes, o más bien, con los confeccionados a la medida por el dentista, fue el suceso de la Casa Abandonada. Desde el primer momento que la descubrí llamó poderosamente mi atención. Es grande, las paredes internas están gastadas por los años y la cubre una espesa capa vegetal. No tiene ventanas, sólo están los huecos, pero sí una puerta enorme, pesada, de esos portones inmensos que dan la impresión de que, si en algún momento se abren, saldrá cualquier personaje sacado de un cuento de horror.

Llegué a la Casa Abandonada por casualidad. Un día, al salir de la escuela, decidí ir en busca de algunos mangos para llevárselos a mamá, a ella le encantan los mangos. Me metí entre unos copiosos matorrales tratando de encontrar árboles cargados. Y allí, en medio de un jardín disecado con árboles, también

secos y enormes, que más bien parecían garras de vieja, de una bruja
huesuda, alcancé a ver la formidable
estructura. Llené mis pulmones de
aire tratando de hincharme de va-
lor y decidí aproximarme, me moría
del miedo, porque aunque no creo en
fantasmas, o no creía, bueno... ya no
estoy tan seguro, la curiosidad, en la
mayoría de los casos, me vence.

Avanzaba mientras secaba de mis
manos el sudor frío sobre mis pantalones y trataba de domar un corazón que parecía salírseme del pecho.
Traspasé aquel jardín disecado y entre a la casa por uno de los huecos de
las ventanas. No alcancé a verla por
completo, recorrí sólo la planta baja
y rapidísimo, tratando de asegurar
mi escapada con vida. Sí tuve tiempo
para observar unas velas derretidas
en una esquina, junto a un par de
botellas vacías. No sería el lugar de
mi elección para un picnic, pensé.

Nadie supo de mi descubrimiento,
no quería que me impidieran volver,
quería tener la libertad de acercarme

cuando quisiera pues sabía que esa casa era especial y había muchas cosas fantásticas por descubrir. Y tenía razón, algo descomunal ocurrió en mi segunda visita. Ese día esperé que cayera la tarde y empaqué en mi mochila una linterna y un cuchillo de cortar pan, por si las moscas.

Al aproximarme a la casa noté una pequeña luz que titilaba desde adentro, quizás la misma persona que había dejado las botellas que vi en mi primera visita estaba de visita en la casa, pensé. Me acerqué lentamente, procurando no pisar las hojas secas desparramadas por todo el jardín, suavecito para evitar que el ruido delatara mi presencia.

Mientras avanzaba, comencé a ver sombras de siluetas extrañas, parecían monstruos sacados de un cuento de mitología, se dibujaba sobre la pared, la sombra de un cuerpo con dos cabezas y no sé cuántos brazos y piernas. Parecía la cabeza de medusa. El horror se apodero de mí, y mis piernas volvieron a funcionar cuando de repente la criatura comenzó a emitir sonidos estruendosos, alaridos de bestia, gemidos chasqueantes como si estuviese devorando algún animal. Corrí hacía mi casa como un loco, nunca había corrido tan rápido.

Esa noche mojé mis pantalones y no los ensucié de milagro. Obviamente, no pude dormir, lo que había visto, lo que había oído, era terrible. Sí, estaba seguro de que existían las criaturas maléficas y para colmo, muy cerca de mi casa.

Esperé unos días antes de lanzarme nuevamente a la casa, no es que me creyera muy valiente, sino que la atracción, la curiosidad que sentía vencía el temor. Contaba las horas para volver a meter las narices, solo las narices, en aquella casa, y al poco tiempo volví.

Al llegar encontré un movimiento similar al del día aquel, lucecitas vagas en el interior de la casa, sombras haladas de siluetas sinuosas proyectándose en la pared, sin embargo todo estaba en silencio, apenas se escuchaba la respiración del animal. Me acerqué, tenía que verle al menos la cola.

Estaba a unos metros del hueco de la ventana que resultaba alto para mi tamaño. Ni siquiera en puntas podía ver hacia dentro como quería, sólo alcanzaba a ver una parte de la sombra del monstruo reflejada en el techo, me dio la impresión de que el monstruo estaba acostado en el piso.

De repente, vi la cabeza del tío Chano alzarse sobre el marco de la ventana. Estaba agitado, sudoroso, con los ojos clavados en la bestia, que no lograba ver, pero suponía estaba en el suelo. El tío parecía luchar con fuerza contra el monstruo y se veía decidido a dominarlo. Estaba atónito, no podía creer que mi tío, el que consideraba aburrido y desabrido, se convertía en héroe ante mis ojos. La mejor parte fue cuando oí la voz de mi mamá en medio de la lucha, no decía nada preciso o, al menos, no pude entender, pero definitivamente

daba apoyo a mi tío Chano, le decía
que siguiera, que no parara y que sí,
sí, sí y sí. Cuánto me sorprendí aquella noche, mi mamá y el tío contra la
bestia. Salí corriendo del lugar, si me
veían me mataban, me linchaban a
mi junto con la bestia. Si me encon-
traban, seguro que ni siquiera iban a
poder escuchar cuán orgulloso estaba de ellos.

Al otro día, a la hora del almuerzo,
no pude resistir más, las palabras se
me amontonaban en la boca y decidí
contar a la familia todo lo que había
experimentado. Les dije a mamá y al
tío, con los ojos humedecidos por la
satisfacción, el orgullo que sentí al
verlos luchar contra aquella bestia. La
valentía de mi tío, sus expresiones, su
mirada, la fuerza con la cual domaba
a la criatura. Y mi mamá, apoyando
al tío, ayudándolo con entereza, dándole ánimo y diciéndole que sí, que lo
hiciera, que no parara. Sí, grité a los
cuatro vientos lo feliz que me sentía
de pertenecer a esa familia.

A mi tía Berenice parece que esos

temas la llenan de espanto porque gritó fuerte mientras se cubría la cara con las manos, fue ese el momento en que a mi abuela se le atoró la caja, ¡pobre viejita! Sin embargo mamá y el tío Chano parecían sorprendidos de mi relato pero asumieron una actitud estoica, firme, los ojos sí parecían salirse un poquito de las cuencas, pero sólo eso. Además, para coronar a mi tío aun más, en ese justo momento salvo a mi abuela y le sacó el artefacto de la garganta.

Yo, que pensaba que mi familia era como el señor de la panadería, qué equivocado estaba.

Contenido

www.ingramcontent.com/pod-product-compliance
Lightning Source LLC
Chambersburg PA
CBHW070458130626

46555CB00003B/1062